湛庐 CHEERS

与最聪明的人共同进化

HERE COMES EVERYBODY

📖 奇妙的人文冒险 📖

노벨의 과학 교실

诺贝尔的真假遗书

[韩]李香晏 著
[韩]卢俊九 绘
庄曼淳 译

中国纺织出版社有限公司

作者的话

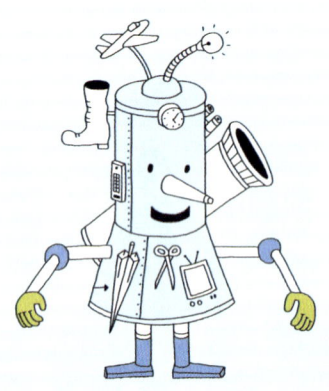

小时候,我常为科幻电影感到惊奇不已。电影中,跟人类外表相似的机器人会开口说话,而人类能飞到浩瀚宇宙中的某颗行星,和居住在上面的外星人战斗。

我每次都一边看电影,一边和朋友们嘀咕:"这种事怎么可能发生呢?这只可能发生在电影里吧?"

不过现在,这些可能并不只是发生在电影里了,它们正在现实世界里发生:宇宙飞船争相飞往浩瀚宇宙,还发展出开拓地球以外其他行星的计划;机器人已经成为人类的朋友,人工智能甚至可以和世界级的围棋高手一决高下;人类基因的秘密已被解开,为克隆技术的应用创造了新的可能。过去人们的想象现在有可能实现,这就是科技的力量。

人类的想象居然可能全都实现！我们不得不对科技的力量感到惊讶。

那么，科技究竟可以发展到什么地步呢？

不过，科技发展所带来的副作用，也让有些人感到害怕和不安。科技发展最大的副作用就是环境污染。随着地球环境被破坏，我们正经历着被称为"全球变暖"的巨大灾难。除此之外，科技发展还伴随着生命伦理、过度机械化而导致的失业等各式各样的问题。

享誉世界的伟大发明家诺贝尔，竟然也曾因为自己的发明所产生的副作用，而陷入深深的苦恼之中。

诺贝尔的烦恼究竟是什么呢？江杜利与诺贝尔一起踏上了解决烦恼的奇妙旅行。他们经历了一次怎样的旅行呢？现在我们就和江杜利一起进入故事中吧！

李香晏

故事人物介绍

江杜利
他是一个梦想获得诺贝尔奖、拥有雄心壮志的小男孩。在科技发明竞赛中得奖的那天，他经历了一场奇妙的人文冒险之旅。在这场旅行中他要完成一个任务。这个任务是什么呢？他有可能顺利完成吗？

诺贝尔
他的身体会不停闪烁，看上去怪怪的！他是我们熟知的那个科学家诺贝尔吗？

伊曼纽尔
他是诺贝尔的侄子，也是"消失的遗书"事件中的重要嫌疑人。

苏特纳夫人
她是诺贝尔的朋友，是一名信奉和平主义的作家。她也和"消失的遗书"事件有关吗？

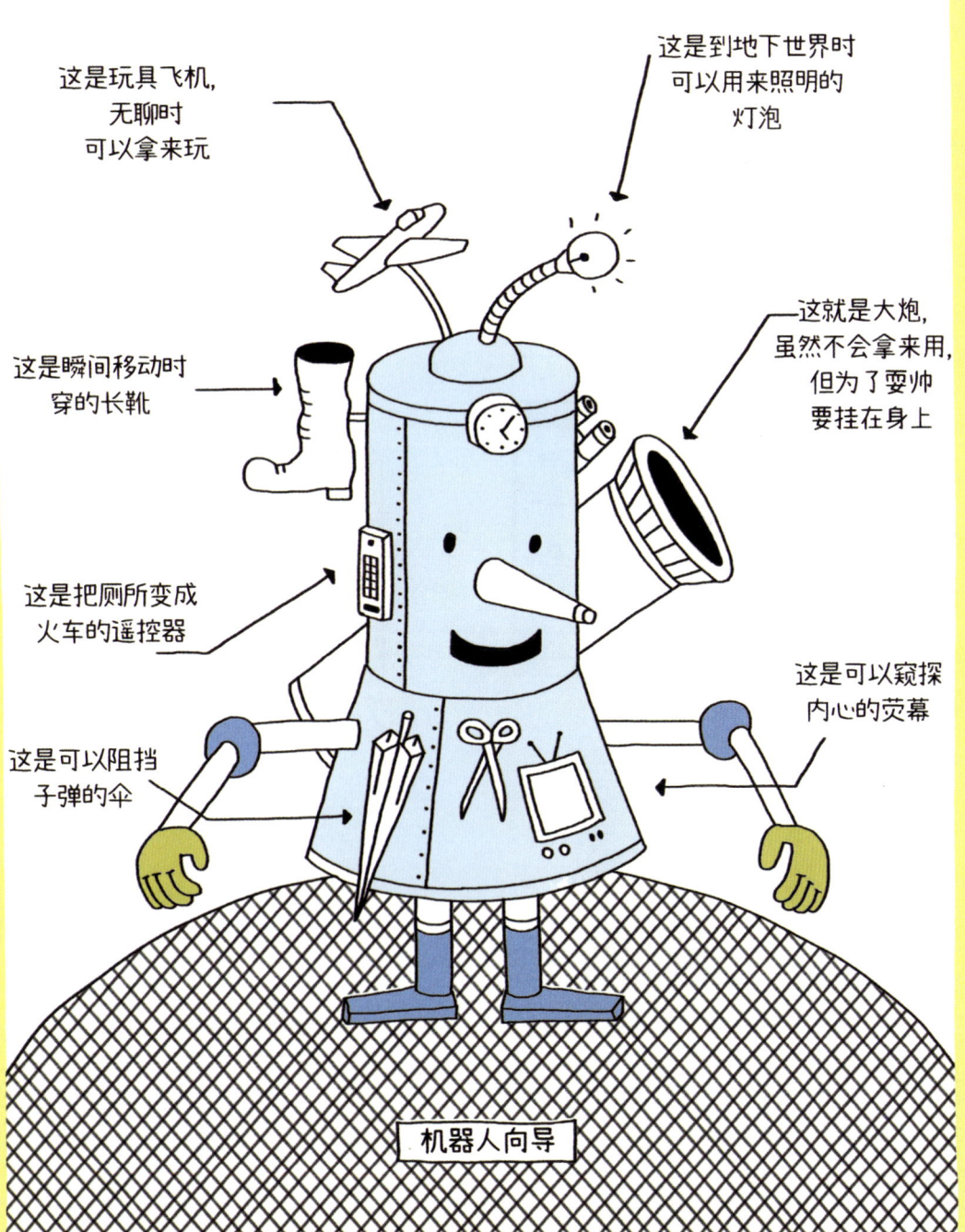

目 录

1. 奇妙的旅行 1

2. 诺贝尔奖将消失 9

3. 寻找消失的遗书 17

4. 诺贝尔的眼泪 25

5. 苏特纳夫人与诺贝尔的信 35

6. 重见天日的遗书 43

7. 杜利的约定 53

机器人向导的人文课程

伟大历史人物的小传 60

科技发展小史 66

培养思维能力的人文科学 75

关于诺贝尔与科技发展史，你了解多少？

扫码激活这本书
获取你的专属福利

- 诺贝尔被人称为"死亡商人"。这是因为：（ ）

  A. 他发明的炸药被用于战争

  B. 他靠发明炸药积累了大量财富

  C. 他发明并贩卖毒药

  D. 他会占卜人的命运

扫码获取全部测试题及答案
来奇妙的人文世界一探究竟

- 以下哪个曾被称为"人类史上最邪恶的发明"？（ ）

  A. 互联网

  B. 机器人

  C. 硅藻土炸药

  D. 原子弹

- 人类社会的发展史就是科学技术的发展史，所以科技带给人类的只有希望和幸福。这是对的吗？（ ）

  A. 对

  B. 错

扫描左侧二维码查看本书更多测试题

1. 奇妙的旅行

"本次竞赛的优胜者是……"

主持人的声音在礼堂内回响着。今天是"第一届全国儿童最佳科技发明竞赛"颁奖的日子！终于到了公布优胜者的这一刻。

我感到既激动又紧张，总是不自觉地吞着口水，心脏扑通扑通跳个不停。

我叫江杜利，是学校里最聪明的科技天才，大家都觉得我将来一定会成为诺贝尔奖得主，都叫我"诺贝尔杜利"。我的梦想也像"诺贝尔杜利"这个绰号一样了不起、一样伟大。

"我一定要成为像诺贝尔一样伟大的发明家，获得诺贝尔奖。"

诺贝尔是世界著名的科学家兼发明家，据说他很有钱，也很有名。举世闻名的诺贝尔奖就是以他的名字命名的呢！

看着我以诺贝尔奖为目标，陶醉在科学与发明的世界里，

奇妙的人文冒险　诺贝尔的真假遗书

坐我隔壁的好友小潭一脸好奇地问道："杜利，你为什么这么喜欢科学？为什么这么喜欢发明呢？"

"当然喜欢啦！有什么事是比科学更厉害的呢？现在的科技越来越发达，出现了各种酷炫的新发明，大家的生活也变得更加便利了！你想想看，如果没有洗衣机或电冰箱这些发明，生活会多不方便啊！如果没有发明电风扇和空调，夏天会很难熬的。也就是说，科技能让我们的生活变得便利又幸福。所以，一定要大力发展科技。我也一定要创造伟大的发明，成为有名的科学家。"

小潭听完我说的话，不以为然地摇摇头。

"科技的发达的确让我们的生活变得更便利，不过，这些带给我们的不一定是幸福。你有没有想过事情可能不止有一种结果？"

小潭的绰号是"小老太太"，因为她常常说一些大人才会说的话，甚至像老年人

1. 奇妙的旅行

一样唠唠叨叨的。我觉得,这都是因为小潭不了解科技才会这么说。本来要发展科技就免不了会有一些牺牲或产生危险后果,像环境污染这种问题。如果想要享受科技所带来的便利与幸福,同时就应该承受这些代价。

"你想象一下未来科技超级发达的样子:只要用手指按下按钮,就有好吃的饭可吃;人工智能机器人可以和我们下棋,还可以跟我们一起运动,当我们的好朋友。这种日子已经不远了!科技真的好厉害!"

我还沉浸在对未来美好的想象中,小潭却毫不犹豫地继续朝我泼冷水:"科技的发展一定是好事吗?人类的工作全都被机器取代的话,大家还有什么工作可以做呢?人们生活在那样的世界里真的会幸福吗?"

小潭可真无趣,我好想快点换座位,这样就不用继续听她唠叨了。其实我也没空烦恼这些,因为如果要发明一个让大家都吓一跳的东西，拿到诺贝尔奖，就得从现在开始好好准备才行。此时，我正在向着目标大步迈进，今年我代表学校参加"第一届全国儿童最佳科技发明竞赛"，现在就要宣布我获得优胜奖了，好紧张啊！

"优胜者是常春小学五年级的江杜利同学。"

我就说吧！还有谁能做出比我的发明更棒的东西呢？

我马上从座位上站起来，看看那些望向我的目光，他们的眼中充满了羡慕与佩服！

"哇！"欢呼声和掌声此起彼伏，享受着众人的喝彩与称赞真是一件让人开心的事。

除了掌声和称赞，我参加这次比赛的原因，其实是为了一样很想得到的东西，那就是优胜者一人独享的"奇异发明之旅周游券"。这张周游券是可以参观世界各国发明展的旅游券，是我一直以来梦寐以求的旅行。

"颁奖典礼将在十分钟后开始，请各位先稍作休息。"

主持人的话让我陷入莫名的焦躁。

"啊，怎么还不快点儿颁奖？"

我想要快点拿到周游券啊！我焦急得直跺脚，但偏偏这个时候我突然很想上厕所，忍不住夹紧双腿。

"得去上个厕所才行。"

我急忙走出礼堂，跑向厕所。

1. 奇妙的旅行

我远远地看见黄色的厕所门。黄色的门上画着代表厕所的标志，标志下面贴着一张标牌，标牌上面应该写着"厕所"吧！

不过，等我走近一看，标牌上的文字有点奇怪。

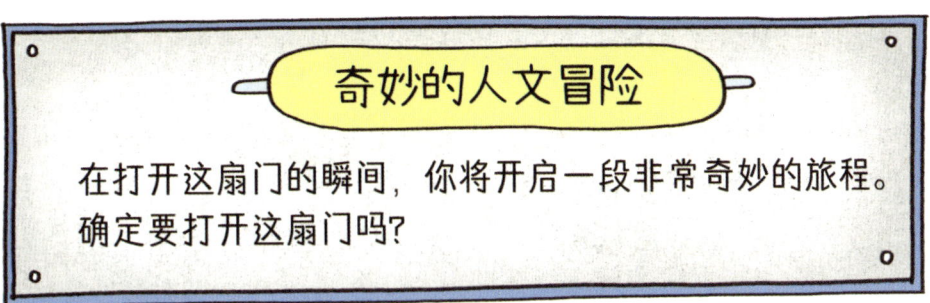

奇妙的人文冒险

在打开这扇门的瞬间，你将开启一段非常奇妙的旅程。确定要打开这扇门吗？

厕所的门上为什么会贴着这样的标牌呢？我虽然疑惑地歪着头，但还是用力地打开了门。

"咣当"，就在门打开的瞬间，"叭叭啦叭叭"响起了一阵吵闹的声音，一个陌生人突然出现。

"江杜利你好！欢迎你跟诺贝尔老师一起踏上奇妙的人文冒险之旅。你做好启程的准备了吗？哔哩哩哩！"

这究竟是怎么回事？跟诺贝尔老师一起踏上奇妙的人文冒险之旅？还有，眼前的这个家伙为什么长成这个样子？它的身体像个长长的罐头，又硬、又笨重，上面还有眼睛、鼻子和嘴巴；头和身上则挂着各种奇奇怪怪的物品，有灯泡、迷你飞机模型、时钟、大炮、气球、剪刀，甚至还有长靴……简直就是个把各

5

种物品挂在身上的铁桶机器人。我被这个长相奇特的机器人吓得连尿意都消失了。

"你……你是谁？"

铁桶机器人对着慌张的我说："我是你的机器人向导，我是为了带你踏上奇妙的人文冒险之旅而来的。刚才已经问过一次了，你做好心理准备了吗？哔哩哩哩！"

向导？人文冒险旅行？这到底是什么意思啊？我不知所措地站着，突然，我灵光一现想通了。

"原来这就是送给优胜者的奖品呀！"

这次优胜的奖品不就是"奇异发明之旅周游券"吗？所谓的"奇异"指的就是像这样突然开始、像梦一般的感觉吧！

"可是颁奖典礼还没开始，就要先踏上旅程吗？"我既期待又紧张，心脏扑通扑通地狂跳。"不过，要怎么出发呢？会有车来这里接我们吗？还是要去机场呢？"

机器人向导摇摇头，说道："不需要，这里就可搭乘即将带你前往梦幻国度的火车！"

"可是这里什么都没有呀？"

正当我左顾右盼、东张西望的时候，机器人向导从挂满全身的物品中，抽出一个长长的遥控器。接着，它朝着一间间厕所门按下按钮，大喊："科技火车，让我们踏上旅程吧！哔哩哩哩！"

奇妙的人文冒险　诺贝尔的真假遗书

"哔哔哔"遥控器发出一阵特别的声响。瞬间，神奇的事情发生了。一扇扇紧闭的厕所门突然"嘎吱嘎吱"扭动起来，并飘向空中变成一列长长的火车。

这惊人的场面让我看得目瞪口呆。这个时候，一扇厕所门，不，应该是火车门缓缓地打开了。

"快点儿乘坐科技火车！你即将和诺贝尔老师一起展开一段非常特别的旅行。哔哩哩哩！"

我的天呀！机器人说的是那位历史上赫赫有名的科学家诺贝尔吗？该不会是一位打扮成诺贝尔的演员吧？我的好奇心瞬间爆棚。

我立刻踏上了火车。要是继续犹豫下去而错过了这班火车，那就大事不妙了。

一上车，我就看到机器人向导挥着手大声喊道："记住！一旦上了火车，就不能轻易回头！一定要完成任务才能回来。祝你和诺贝尔老师顺利完成任务！哔哩哩哩！"

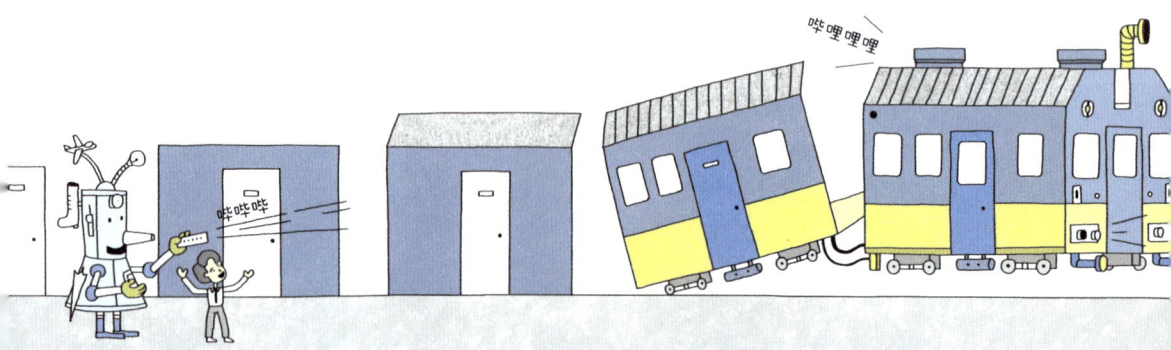

2. 诺贝尔奖将消失

火车内一片昏暗，车上昏黄的灯泡不停地一亮一灭，让人感到毛骨悚然。黄色灯泡在第九次亮起的时候，发出"啪"的一声，一道人影突然出现在我的眼前。

"你就是在这次竞赛中获得优胜的孩子？我等你很久了。"

好像是诺贝尔老师。不，应该是打扮成诺贝尔老师的演员。其实，我偶尔会想象科学家诺贝尔的样子，一定很帅气挺拔！

但是，这是怎么一回事？眼前出现的诺贝尔老师是一位老爷爷，一位身材矮小、干瘪，有着一脸浓密胡须的老人。

"要装扮的话，也应该扮得帅气一点儿吧，就像真正的科学家诺贝尔一样。"

看着我在不停发牢骚，诺贝尔老师显得很沮丧。

"真正的诺贝尔？没错，连我也不知道，自己到底是不是诺贝尔。我好像是诺贝尔，又好像不是……"

怎么会有这种演员？

奇妙的人文冒险　诺贝尔的真假遗书

"您到底是不是诺贝尔?"

就在这时,他深深地叹了口气,说出一句出人意料的话:"其实我不是人。我昨天已经离开人世了,现在只是个灵魂,所以我才会说,我好像是诺贝尔,又好像不是。"

我感到一阵恐惧。仔细一看,老爷爷的样子的确有点奇怪。他的外形看起来有点模糊,身体好像轻飘飘的,声音在车厢里听起来呼呼作响,就好像风声一样。

2. 诺贝尔奖将消失

他直盯着脸色苍白的我，说道："孩子，请你帮我个忙。就像我刚才说的，我已经不在这世上了。我想要放下一切到天国报到，但是我的遗书却神不知鬼不觉地不见了，所以我一直无法放心离开。可我现在只是一个灵魂，什么都做不了，只能干着急。这时刚好有个机器人出现了，他要我成为发明竞赛优胜者的科学老师。他还告诉我，如果和那个孩子同心协力，就可以找回我的遗书。所以求求你，帮帮我吧！"

我听得瞠目结舌，一时间不明白这是什么意思。

"您真的是科学家诺贝尔吗？"

"当然！我就是发明硅藻土炸药的艾尔弗雷德·诺贝尔。"

"啊！"我不觉发出一声惊叹。这么说，发明竞赛优胜的奖品"奇异发明之旅周游券"就是和真正的诺贝尔见面？也对！这样才称得上是"奇异之旅"。这么特别的旅行，我一定要好好享受一下。

"这么说，老爷爷，您就是那位发明'砰'一声炸开的硅藻土炸药的诺贝尔。哇！太酷了，我的梦想也是要创造出这种了不起的发明。"

诺贝尔爷爷的眼神里却透露出一些不自在，他深深地叹了口气，说道："问题就出在这里呀！哎！我怎么就发明出这么危险的东西呢？"

还没等我回答，他就紧紧抓住我的手说："总之，得快点儿到我的房间里把遗书找出来。请你帮帮我吧!"

就在此时,火车鸣起汽笛声,然后腾空飞了起来,沿着黄色的灯光向前奔驰,绕了好几圈后,突然就被吸入了某个地方。

"杜利,快醒醒啊!"

听到诺贝尔爷爷的呼唤,我睁开了眼睛。一个陌生的房间映入眼帘。

"这里是我在意大利的房间。"诺贝尔爷爷说。

这个房间的家具和装饰都很特别,就像是常在电影中看到的那样,充满百年前的欧洲风情。两支散发着昏黄火光的蜡烛,让房里的气氛显得更加怪异。令人惊讶的还不止这个,我发现床上有个人正在睡觉。会是谁呢?我上前一看,忍不住发出一声惊叫。

那是诺贝尔!我的天啊!诺贝尔爷爷正站在我身边,但居然还有另外一位诺贝尔!这么说来……这么说来……

"你不用这么害怕。我不是说过,我昨天晚上才刚过世的嘛。"

我身边的这位诺贝尔爷爷居然真的只是一个灵魂!

我看了一眼挂在墙上的月历。1896年12月!天啊!我居然来到了1896年。虽然起了一身鸡皮疙瘩,但是我很快就打起精神。因为,我突然想起机器人向导最后说的那句话。

"记住!一旦上了火车,就不能轻易回头!一定要完成任务

奇妙的人文冒险　诺贝尔的真假遗书

才能回来。祝你和诺贝尔老师顺利完成任务！哔哩哩哩！"

我要完成的任务就是找出遗书。如果想要回家，就必须完成任务！

"只要找出爷爷活着的时候写的遗书就可以了吧？"

我一一翻找房间里的抽屉，找出了一个看起来像是遗书的白色信封。

诺贝尔爷爷摇摇头。

"那是假的！不是我写的。虽然是我的字迹，但是内容完全不一样。真是疯了，到底是谁把我的遗书调包的？在我闭上眼睛之前，真正的遗书明明还在的……"

假遗书的内容是这样的。

诺贝尔爷爷的财产数额非常庞大。遗书上说，要把所有财产全都留给侄子们和他的祖国。如果这份遗书公之于世，侄子们和瑞典国民不知道会多开心。

但是，诺贝尔爷爷依旧摇摇头。

"请一定要在天亮之前，找到真正的遗书。等到天一亮，我的律师兼遗书执行人就会过来确认遗书，公开发布。这样一来，这份假遗书就会被当成真遗书了！"

窗外已是一片漆黑，我所在的那个世界应该还是白天，这里却已经是晚上了！我不知道该怎么办才好。我努力打起精神，向诺贝尔爷爷问道："真遗书的内容是什么？"

然而，诺贝尔爷爷却一句话也不说，只是紧紧闭着双唇。

"看您难以启齿的样子，内容一定让人很意外。该不会您是想在死了以后，把所有的财产和自己一起送进坟墓，不想和别人分享自己一辈子积累的财产吧？没错，一定是这样！所以才说不出口。"

我突然觉得眼前的老爷爷很令人厌恶。正当我嘟着嘴，自言自语的时候，诺贝尔爷爷对我说："杜利，从我的立场来看，你是来自未来的孩子，我可以问你一些有关未来的事吗？在你生活的世界里，有没有'诺贝尔奖'这种奖？"

"当然有！我的梦想就是得到那个奖。"

"太好了！不过，如果现在没办法找到那份消失的遗书，诺贝尔奖就会消失，也会从你生活的世界里消失。"

诺贝尔奖会消失！我的心突然好像一下子坠入谷底。

"为什么？"

"找到真遗书之后，你就会知道了。要是我们一直找不到，假遗书被公开的话，一切就完了！"

不行！不可以！绝对不可以！

"爷爷，我们快找出真遗书吧！快点儿！"

3. 寻找消失的遗书

如果遗书是假的，我就必须先弄清楚，究竟是谁、为了什么目的伪造了遗书。我想起了平常最爱看的推理电影和漫画中的情节，试着模仿故事里的侦探。

如果我是侦探，在这种情况下，会先从诺贝尔爷爷身上寻找线索："这份遗书上的字，确定是爷爷您的字吗？"

"是的，我也觉得很奇怪，明明没有写过这份遗书，但是上面的字迹的确是我的。真是见鬼了！"

"这么说来，应该是有人模仿了爷爷的字迹。那么，谁会因为这份假遗书而获利呢？只要找出是谁，就可以抓到造假人了。"

我敏锐的推理能力开始派上用场："嫌疑人可能是某个国民，也有可能是爷爷您的某个侄子。"

"你为什么这么想？"

"您看看这份假遗书。因为这份遗书而获得好处的人正是瑞典国民和您的侄子们，所以他们是这起事件中最可疑的人。"

奇妙的人文冒险 诺贝尔的真假遗书

我的推理真是越来越厉害了。

侦探的声音也很重要，因此我试着用更成熟、更稳重的语调向诺贝尔爷爷问道："不过，有一点很奇怪，如果是诺贝尔爷爷的遗书，就算是假的，也应该把财产先留给妻子或子女吧？"

"可惜我没有妻子，也没有小孩。我这辈子都没有结婚。"

"原来如此。"

我想了一下，走向房门。

"诺贝尔爷爷，我们先出去观察一下瑞典国民吧！因为第一嫌疑人就在瑞典国民中。"

诺贝尔爷爷同意了，他拉住我的手臂说："杜利，这里是意大利一个叫作圣雷莫的地方。我在瑞典、法国、德国等好几个国家都有房子。如果你想观察瑞典国民，就要飞去瑞典才行。"

神奇的事再度发生了。

爷爷抓住我的手臂，"嗖"的一声飞到空中，我也跟着腾空飞起。

"变成灵魂之后还有这个好处啊！不但可以穿越时空，还可以瞬间转移到这么远的地方。"

我们飞在空中，像光一样前进，仿佛瞬间移动似的，转眼就到了瑞典。

瑞典的大街小巷充满了悲伤的气氛，到处都在传阅刊登着诺贝尔爷爷死讯的报纸，人们都带着难过的表情哀悼着。

"诺贝尔死了？我不相信！"

"杰出的科学家就这样殒命了。我们的国家失去了一位伟人。"

看到瑞典国民因为自己的离去而哀伤的样子，诺贝尔爷爷感动得红了眼眶。

"我们的想法太愚蠢了，竟然冤枉了无辜的祖国人民。我们回去吧！"诺贝尔爷爷说。

我点点头，要从无数个悲伤的人中找到嫌疑人，是不可能成功的任务。

一回到房间，我就再次进入侦探模式。我又问了诺贝

尔爷爷一些犀利的问题。

"您还记得昨天谁来过这间房间吗？"

"当然记得。"

"嫌疑人应该在那些人里面。您不是说，直到您逝世前，真正的遗书还在这个房间里吗？这么说来，一定是有人在这段时间来到房间里，把遗书调包了。有谁来过这里呢？"

"担任我遗书执行人的律师和医生来过，他们确认我咽下最后一口气之后就回去了。对了！我的侄子伊曼纽尔也来过。他一听到消息便连夜赶了过来。他的名字就是我

父亲'伊曼纽尔·诺贝尔'的名字，他听到我离开人世的消息后，就一直号啕大哭，现在应该在其他房间里休息。"

我立刻列出了嫌疑最大的几个人。

"医生、律师，还有这个侄子是嫌疑最大的人。"

诺贝尔爷爷笃定地说道："我的律师不可能这么做。他一辈子都跟在我身边，遵从我的意愿。而且，他也没有动机伪造遗书。这对他一点儿好处也没有，医生也一样。"

是啊！这样一来，就只剩下一个人了。因为假遗书可以使他获得巨额财产，而且昨天也曾到过这间房间。

"造假人就是您的侄子伊曼纽尔！"我自信满满地喊道。

"爷爷平时应该说过不会把财产留给侄子吧？所以伊曼纽尔才会伪造遗书，想要得到遗产。"

听了我合理的推断，诺贝尔爷爷还是摇了摇头，似乎难以接受自己的侄子变成造假人。

"我的确跟侄子们说过不会留任何财产给他们。根据真遗书的遗嘱，我的侄子们一分钱都拿不到。尽管如此，但我相信他们都不是会做出那种事的孩子。"

就在此时，门"嘎吱"一声打开，有个身影迅速闪入房内，我慌张地抓住诺贝尔爷爷的手。幸好诺贝尔爷爷是个灵魂，只有我可以看到他，而且只要抓住爷爷的手，我就可以瞬间隐形。

"到底是谁？"

3. 寻找消失的遗书

看到那个人的脸，诺贝尔爷爷大吃一惊。

"怎么会是伊曼纽尔？"

没错！那个人正是诺贝尔的侄子伊曼纽尔！我的推理果然千真万确。人家不是说，罪犯总是会再次回到犯案现场嘛！他一定是回来确认自己伪造的假遗书。

伊曼纽尔坐在已经断气的诺贝尔身旁，静静望着他好一阵子后，缓缓起身，开始在房间里翻箱倒柜。

"您看吧！这不是很奇怪吗？他一定是在找爷爷其他的财产，比如黄金或珠宝之类的。"

诺贝尔爷爷露出伤心的表情。

"老天爷啊！伊曼纽尔，你真的做了那种事吗？"

伊曼纽尔在书桌的抽屉里找到一样东西，他把那东西放进衣服口袋后，急急忙忙地离开了房间。

我着急地拉着爷爷的手臂说："爷爷，紧急情况啊！我们要跟上去找到证据才行。一定要弄清楚他拿走了什么！"

4. 诺贝尔的眼泪

离开房间的伊曼纽尔走进主建筑旁边的一幢小房子。

"这里是我做实验用的实验室。伊曼纽尔为什么要来这空荡荡的实验室呢？"

我和诺贝尔爷爷跟着伊曼纽尔进入实验室。

实验室里堆满了各种实验器材。真不愧是大科学家的实验室，这里到处是各式各样新奇的玩意。我不禁瞪大双眼喃喃自语："哇！这里真的是那个诺贝尔的实验室吗？"

居然有幸一睹世界级科学家诺贝尔的实验室！我的心激动得扑通扑通狂跳不已。

不过，没有时间继续惊叹了，伊曼纽尔快速从口袋里掏出了一样东西。

"一定是黄金或宝石！"

不过，事情完全出乎我的意料。他从口袋里拿出来的东西，跟我所想的完全不同。

"那是什么？"我不知所措地向诺贝尔爷爷问道。

"原来是照片啊！是我年轻时候的照片。但是伊曼纽尔为什么要把那些照片带来这里呢？"

真的是诺贝尔爷爷年轻时的黑白照片。照片中，年轻的诺贝尔正在专注地做试验。有些照片记录了爷爷测试炸药爆炸性能的样子，有些则是爷爷和同事们穿着老旧的试验服一起聊天的样子。

虽然只是看了几张照片，但是可以见到年轻时的诺贝尔，我感到既神奇又感动。

伊曼纽尔静静地望了照片许久，接着开始低声自语道："叔叔，我一直为叔叔感到骄傲。我知道您为了发明硅藻土炸药，历经了多少艰辛。这里的东西都是叔叔努力的血汗结晶，我会好好珍惜的。还有，这些照片我也会好好保存。我这辈子都会一直记得叔叔的努力与热情。"

看来我真的误会伊曼纽尔了。伊曼纽尔将照片整齐地放在桌上后，便走出了实验室。

诺贝尔爷爷似乎也沉浸在伤感中，眼眶湿湿的。他站在炸药爆炸试验场面的照片前，视线久久无法移开。

"以前用在矿坑或施工现场的炸药风险很高，随时都可能爆炸，于是我下定决心要发明出安全的炸药。最后发明出的硅藻土炸药，减少了很多发生在施工现场的意外爆炸，因此减少了许多

4. 诺贝尔的眼泪

人的伤亡。当时，我一心一意只想做出安全的炸药，一心扑在炸药研究上。当然，我那时也有野心，很想通过发明炸药赚钱与出名。"

"太厉害了，诺贝尔爷爷！创造出这么了不起的发明，是什么感觉呢？应该像飞上了天一样，既开心又幸福吧？"

但爷爷一脸黯淡地摇了摇头，说道："不，我觉得非常痛苦。因为在那之后，甚至有人称呼我为'死亡商人'。我不断被人辱骂、责难，过得很艰难。"

死亡商人？被人辱骂？伟大的科学家诺贝尔为什么会被这样称呼呢？既然发明了安全的炸药，应该受到人们的赞扬才对呀？

"因为我的炸药被用来当作战争武器。"

我这才恍然大悟。炸药也会被用来当成杀人武器！原本是用来救人的发明，却变成了可怕的杀人武器。

"这么看来，诺贝尔爷爷您应该很震惊吧，原先应该根本没想到炸药会被用来当作武器吧。"

但是，诺贝尔爷爷说出了一句意料之外的话："不！其实我早就猜到了。因为在这之前，炸药早就已经被用来当作武器了。"

"真的吗？所以爷爷早就知道自己的发明可能会被当成武器？"

"当然，我和我的兄弟们甚至还成立了一家武器工厂。"

4. 诺贝尔的眼泪

我无法理解。诺贝尔爷爷居然曾经开过武器工厂！

诺贝尔爷爷继续平静地说道："我那时候是这样想的，我的发明说不定可以成为让战争消失的武器。"

"怎么可能？武器怎么能让战争消失呢？"

"如果可以发明一种威力强大的炸药，只要一爆炸就能彻底破坏战场，看到的人一定会感到非常害怕。这样一来，人们就会下定决心，再也不发动战争，那么战争就会从这个世界消失。我那时认为，只要随着科技的发展，出现更多厉害的发明，整个世界就会变得更安全、更幸福。"

我有点搞不懂了，诺贝尔爷爷的话听起来似乎有些道理，又有些没道理。

突然，诺贝尔爷爷失声痛哭起来："但是，这世界并未照我想象的样子改变。战争武器越来越强大，许多人因此丧命。俄国、法国、英国、德国等强国不断挑起战事，制造杀伤性武器。我那时才明白，我的想法错得离谱。人们叫我'死亡商人'，是理所当然的事。"

诺贝尔爷爷带着痛心的表情问我："你来自未来，应该知道吧。杜利呀，我死了之后，人们应该不会继续把我的发明当作武器使用了吧，该不会又发生战争了吧。"

就在此时，一阵嘈杂的声响传来，火车再次出现在我们的眼前。仿佛是在回答诺贝尔爷爷的疑问，车上传来广播的声音。

"请快点儿上车！为诺贝尔老师解开疑惑的旅程即将开启。哔哩哩哩！"

诺贝尔爷爷和我糊里糊涂地上了火车，火车随即奔驰起来。

接着，奇特的景象开始在窗外出现：炸弹从天而降。这里是一个战场，是使无数人丧命的人间炼狱！

广播再次响起。

"这里是1914年第一次世界大战的现场，哔哩哩哩！"

窗外的战争场面非常可怕，接下来的广播内容也让人胆战心惊。

"各式新发明的武器纷纷在这场战争中亮相，导致无数平民受伤甚至死亡。哔哩哩哩！"

火车再度向前飞驰，窗外又出现惊人的景象。某个东西"砰"的一声炸开，在空中形成巨大的蘑菇云。

"那是什么？"爷爷和我惊叫起来，广播再次响起。

"这里是第二次世界大战的战场之一——日本广岛。第二次世界大战被认为是史上造成伤亡人数最多、财产损失最多、最残酷的战争。1945年，美国朝日本的广岛和长崎各投下一枚新式大规模杀伤武器——原子弹，才结束了这场战争，但原子弹威力强大，造成数万人失去了生命。现在你们看到的窗外的蘑菇云，就是原子弹引爆后所产生的。哔哩哩哩！"

天啊，那朵巨大的蘑菇云就是原子弹爆炸后的景象。诺贝尔爷爷的脸因为恐惧而苍白不已。

我也被吓坏了，瞪大眼睛，完全说不出话来。

最后，火车将我们送回诺贝尔爷爷的房间。我们一下车，火车随即消失得无影无踪。

诺贝尔爷爷受到了严重的打击，他喃喃自语道："我发明的东西居然发展成可怕的武器！还有那么多的人因此丧命！这该如何是好？"

我也受到了不小的打击。脑海中不禁回响起小潭曾经说过的话："科技的发达的确让我们的生活变得更便

哔哩哩哩!

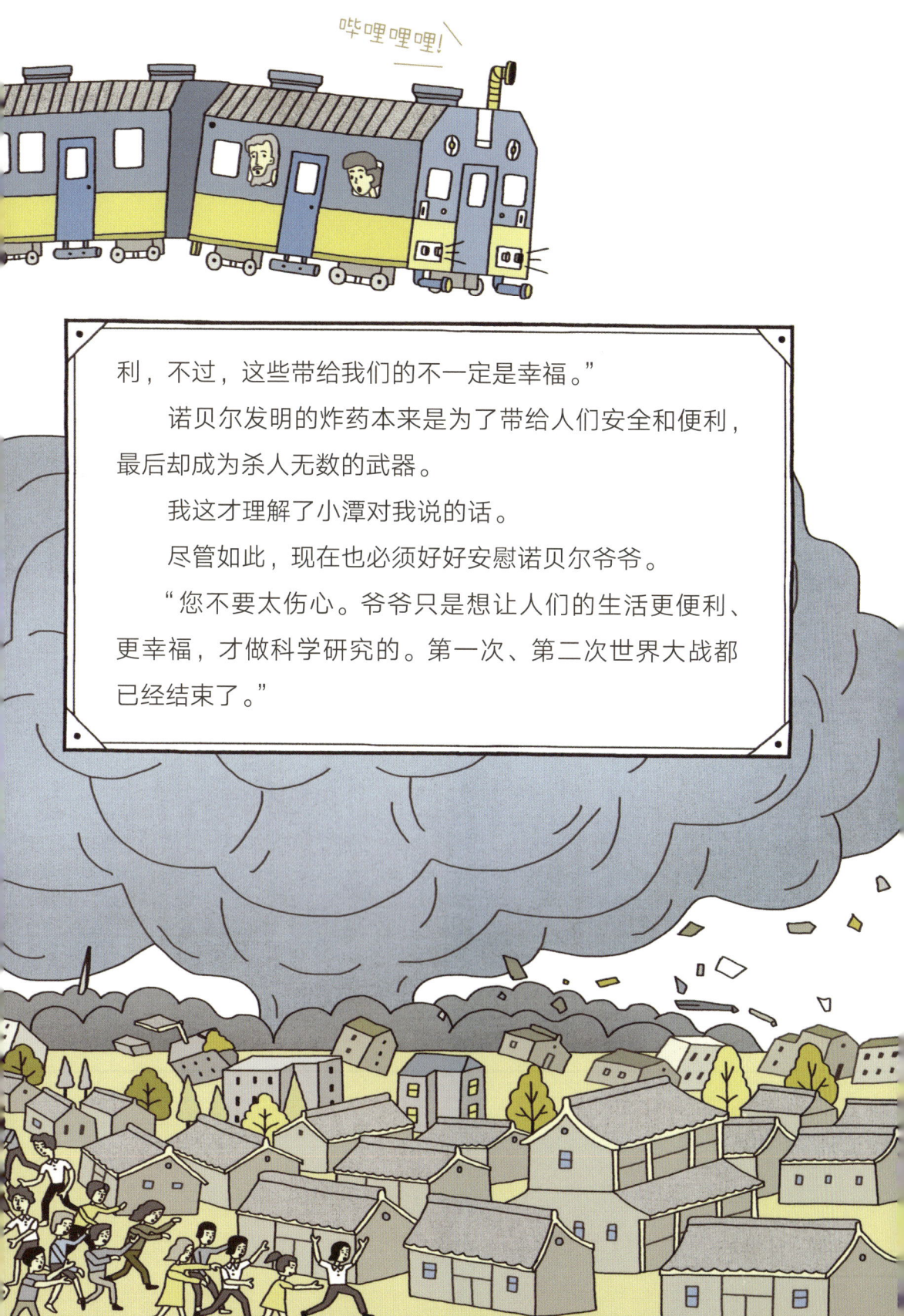

利,不过,这些带给我们的不一定是幸福。"

诺贝尔发明的炸药本来是为了带给人们安全和便利,最后却成为杀人无数的武器。

我这才理解了小潭对我说的话。

尽管如此,现在也必须好好安慰诺贝尔爷爷。

"您不要太伤心。爷爷只是想让人们的生活更便利、更幸福,才做科学研究的。第一次、第二次世界大战都已经结束了。"

爷爷脸上的表情依旧十分伤感。

不知过了多久，诺贝尔爷爷调整好心情，突然站了起来。

"没错，现在我懂了。是不是成为最优秀的发明家一点儿也不重要，重要的是发明了什么。科技必须朝着让人们活得幸福、可以维护世界和平的方向发展才行。"

诺贝尔爷爷似乎下定了决心，大声说道："快点儿找出真遗书吧！接下来可能会发生更危险的事，如果想要阻止，就必须赶紧将真遗书公布于世。"

5. 苏特纳夫人与诺贝尔的信

眼看着天就要亮了，我非常着急，天亮前必须完成任务才行。我想起在踏上这段奇妙的旅程前，机器人向导说过的话："记住！一旦上了火车，就不能轻易回头！一定要完成任务才能回来！祝你和诺贝尔老师顺利完成任务！哔哩哩哩！"

万一天亮前还不能完成任务，我会变成什么样子呢？我感到一阵害怕，全身起了鸡皮疙瘩。

"不管发生什么事，一定要在天亮以前找到遗书！"

既然如此，我现在需要的是更加敏锐的推理能力。

"除了律师和您侄子，平常和您比较亲近的人有谁？您有没有其他怀疑的对象？"

我犀利的问题让诺贝尔爷爷陷入沉思。接着，他好像想起了一个人。

"苏特纳夫人……没错！苏特纳夫人，也许知道跟遗书有关的事，因为她是我最好的朋友。"

"您的朋友吗？那我得调查一下这位苏特纳夫人。请问她在哪里？"

诺贝尔爷爷再次牵起我的手，接着像闪电一样，快速地带着我奔向苏特纳夫人的家。

苏特纳夫人的家里非常干净，客厅里亮着一盏昏黄的小灯，一位中年女子正在来回踱步。

"那就是苏特纳夫人，真是好久没见到她了。"

诺贝尔爷爷低声说道。因为爷爷只是个灵魂，所以不能在夫人面前现身。

苏特纳夫人的行为有点奇怪。她双手交握像是在祈祷，口中念念有词，不停地在客厅里来回走动。之后，她又轻轻拍了拍胸口，呼出了一口长长的气。

"这种动作通常是心里觉得不安时才会做的。为什么她会这么不安呢？"

我心中对苏特纳夫人的疑虑不断增加，于是我偷偷戳了戳诺贝尔爷爷的侧腰，在他耳边小声地说："苏特纳夫人有点奇怪，她看起来好像很焦躁。"

我再次展现了我敏锐的推理能力。

"会不会是这样呢？苏特纳夫人指使某个人调换了诺贝尔爷爷的遗书。而现在苏特纳夫人正在等待这件事情成功的消息，却又担心失败，所以才会这么焦躁。"

5. 苏特纳夫人与诺贝尔的信

但诺贝尔爷爷摆了摆手。

"不可能！苏特纳夫人不是这种人！她也没有理由这么做。"

我静静地想了一下诺贝尔爷爷的话，然后点了点头。假遗

书上没有提到把财产留给苏特纳夫人,她不会因此得到任何好处,因此没有理由调换遗书。

但苏特纳夫人为什么会看起来这么不安呢?

在客厅里来回走了好一阵子,苏特纳夫人突然将手伸入裙子的口袋,好像在摸索着什么东西,但她没找到想要的东西。接着她边打开房门,边喃喃自语:"放在房间里了吗?"

一张很大的书桌孤零零地摆在房间中央。夫人走到书桌边,突然打开其中一个抽屉,拿出一样东西。

"原来在这里啊!"

那是一张白色的纸。我大吃一惊。

"那……那是?"

苏特纳夫人拿出的纸,看起来很眼熟,跟假遗书的纸是一样的。这么说来……

"那是真正的遗书!"

"真相要水落石出了吗?"我的心脏激动得不停狂跳。

"但这又是怎么一回事呢?"

苏特纳夫人突然放声大哭:"呜呜!诺贝尔,你真的就这样离开人世了吗?我不相信!"

这么说来,苏特纳夫人这么焦躁地在客厅里踱步,是因为诺贝尔爷爷的死吗?

苏特纳夫人手抓胸口哭泣着。看着她的模样,诺贝尔爷爷露出悲伤的神情，泪水在眼眶中打转。

"她应该是听说了我昨晚过世的消息。居然为我的死感到这么伤心！真的太感动了。"

诺贝尔爷爷红着眼眶继续说："苏特纳夫人真的是一位非常善良的人。她写了一本小说《放下武器！》，内容主张应该要放下武器，停止战争。苏特纳夫人是一位真正的和平主义者，我平常就非常尊敬她。自从我认识夫人之后，和她有频繁的信件往来，我也终于领悟到自己也应该为人类的和平贡献一份力量。因此，我捐款给苏特纳夫人发起的和平运动，想要尽点绵薄之力。要不是苏特纳夫人，未来世人所知道的我，大概只剩下'死亡商人'这个恶名吧！"

听了诺贝尔爷爷的话，我发现自己大大误会了苏特纳夫人。这样的人，没有理由会做出调包遗书这样的事情。

不过，我对苏特纳夫人手中那张纸依然充满疑惑。那张纸上到底写了什么呢？

这时，苏特纳夫人正好摊开了那张纸。我悄悄走到她身边，开始读纸上写的内容。这种时候真的非常庆幸别人看不见我。

原来这不是遗书，只是一封普通的信。

看着信中内容的诺贝尔爷爷点头说道："这是我以前寄给苏特纳夫人的信。我习惯用同一种纸写信，遗书也是用这种纸写的，所以纸才会一样。"

奇妙的人文冒险　诺贝尔的真假遗书

　　我顿时愣在原地。因为这封信的内容实在是太出乎我的意料了。想要把财产拿出来当成奖金？要把奖金颁给为和平努力的人？

　　苏特纳夫人深深叹了口气，喃喃自语地说："诺贝尔！我很清楚你想要做的事是什么。但是，你怎么可以这么突然就撒手人寰？你不是说为了世界和平，要分出一部分财产当作奖金吗？为什么计划还没开始你就走了呢？呜呜呜！我们现在该怎么办？要靠谁的帮助来维护世界和平呢？"

5. 苏特纳夫人与诺贝尔的信

致苏特纳夫人

苏特纳,我把我的想法写在这封信里寄给你。

我想把我的部分财产拿出来当成奖金。

这笔奖金将颁给对捍卫和平付出最大努力的人。

> 这是我以前寄给她的信。

> 原来这封信就是诺贝尔奖的起源啊!

就在此时，我的脑海中浮现出"诺贝尔奖"这个词。

"是诺贝尔奖，对吧？爷爷想把奖金颁给致力于维护和平的人，这也就成了未来的诺贝尔奖。"

我好像可以猜到真遗书的内容了，一定和"提供奖金给致力于维护和平的人"有关。因此，假遗书说要将财产留给侄子们和全瑞典国民，才会让诺贝尔爷爷如此慌张。

诺贝尔爷爷微微一笑，然后悄悄走到苏特纳夫人的身边小声说话，尽管苏特纳夫人根本听不见。

"别担心，我一定会好好守护那个计划！"

6. 重见天日的遗书

我们急忙离开苏特纳夫人的家,回到诺贝尔爷爷的房间。

"我们一定要找到真遗书!"

在天亮之前,真的能找到真遗书吗?

时间越来越紧迫,诺贝尔爷爷显得手忙脚乱。

"会在这里吗?难道在那里?"

他翻找着房间的各个角落,接着又突然自言自语起来:"该不会是武器交易商把遗书替换之后销毁了吧?因为他们根本不希望世界和平。也有可能是准备发动战争的国家派间谍过来,偷偷调包的。"

其实我的心情也不比爷爷轻松多少。等到天一亮,如果还找不到真正的遗书,假遗书就会被公布于世了吧,那么任务失败的我会发生什么事呢?该不会永远被困在这里,没有办法回家吧!诺贝尔奖也会在这个世界上消失吗?这等于让我的梦想彻底化为泡影。

奇妙的人文冒险　诺贝尔的真假遗书

> 会在这里吗？难道在那里？

> 我们一定要找到真遗书。

我越来越着急，冒出了各种念头。

"爷爷，您再写一份遗书不就可以了。对，就是现在！然后把假遗书撕掉。"

但诺贝尔爷爷只是摇摇头。

"真遗书是经过我的律师公证的，具有法律效力。为了确保遗书有效，这是必经的过程。就算我现在重新写一份也没有用。"

"我的天啊！难道真的没有其他办法了吗？"

我害怕得走来走去。

这时，天边开始露出微微的亮光，天就要亮了。

这一切真的就要这样结束了吗？我着急地望着假遗书，忍不住大吼："这份遗书完全不是诺贝尔爷爷的意思，是假的啊！完全就是冒牌货！到底是谁写了这份假遗书？"

6. 重见天日的遗书

突然之间，惊人的景象在我眼前出现。

字……字正在消失！

遗书上原本清晰的字开始一个一个地消失，我用手揉了揉眼睛，想要确定自己是不是看错了。不过，遗书上的字仍然在一个一个地消失。不知不觉，遗书上的所有文字消失得一干二净，只剩下一张洁白的纸！

诺贝尔爷爷的双眼微微颤抖着，眼神十分惊慌。爷爷突然重心不稳，无力地跌坐在地上。接着，他说出了一句让人意外的话："我现在才知道，究竟是谁写了这份假遗书。"

听到爷爷这么说，我立刻就提起了精神，向爷爷问道："真的吗？是谁写的？"

但诺贝尔爷爷的回答让我吓了一跳。

45

我，艾尔弗雷德·贝恩哈德·诺贝尔，将把累积至今的所有财产全数留给我的祖国瑞典和我的侄子们。

哎呀！字正在消失！

真的呀！

我现在才知道，究竟是谁写了这份假遗书。

是谁写的？

"写下这份假遗书的人，好像就是我自己……"

这句话是什么意思？

"看到遗书的字一个接着一个消失，我就突然懂了，做出这件事的不会是别人，而是我的'心'造成的。"

"这话是什么意思？"

"过去我曾经重写过好几次遗书。其实，我曾打算把遗产留给我的侄子们。也曾经想过，如果我把财产都奉献给国家，应该也会得到国民的尊敬吧？这么一来，就可以洗刷'死亡商人'的污名。我的确曾经为此陷入烦恼之中。也就是说，假遗书上的内容，其实我真的曾经写下来过。"

诺贝尔爷爷拿着已经变成一张白纸的遗书，眼泪扑簌簌地流了下来。

"所以这份遗书其实也不算是假的，因为这也曾是我心中的想法，写出这份假遗书的人，正是我自己。"

诺贝尔爷爷的话让我的思绪陷入一团混乱。

"也就是说，不管是假遗书或真遗书，都是爷爷您亲手写的，这份假遗书其实也算是真遗书？"

"可以这么说。但是现在这份肯定是假的了，因为我已经把之前写的遗书全都撕掉了，只留下最后一份。不过，可能是我意志不坚定、三心二意，觉得比起为了和平而设立奖项，或许把遗产留给侄子们或祖国人民会更好。一定是因为我有这种想法，遗

奇妙的人文冒险　诺贝尔的真假遗书

书的内容才会自动改变。"

"这怎么可能！"

以科学的角度来说，这是不可能发生的事。梦想成为科学家的我无法相信这种无稽之谈。

但是，我心里总觉得诺贝尔爷爷的话或许是对的。这个世界上也有无法用科学解释的事。

现在发生在我眼前的事，不也都是这样吗？我遇见了诺贝尔的灵魂，乘坐火车回到过去，之后发生的每件事情，都无法用科学常理来解释。而且，如果找不到真遗书的话，我就会被困在过去的世界里。这些不合逻辑的事情不也都发生了嘛！

"就算是这样，还是很奇怪。那您说遗书上的内容为什么会消失呢？"

诺贝尔爷爷用低沉的声音说道："因为现在我明确了我的

6. 重见天日的遗书

心意。"

诺贝尔爷爷把双手紧紧交握，举向天空，然后用诚恳的语调祈祷："现在，我的心意已定，心里的矛盾也全都消失了。我的愿望只有一个——就是为了人类的和平捐献我的财产！我的心愿只有这个。请让我真正的遗书重见天日吧！"

诺贝尔爷爷的眼神笃定，那是一种毫无不安、平静而坚定的眼神。

真正的遗书会像诺贝尔爷爷祈祷的那样，重新出现吗？如果可以成真不知道该有多好！

窗外的天空已经渐渐变亮。我也握住诺贝尔爷爷的双手，怀着迫切的心情和爷爷一起祈祷。

"请把真正的遗书还给我们吧！请救救诺贝尔奖吧！拜托！"

是我和诺贝尔爷爷的祈祷奏效了吗？

神奇的事再次发生了。

"新的文字出现了！"

原本干净的白纸上，开始一个字、一个字地出现新的内容。

"哇！是真正的遗书！遗书回来了！"

我兴奋地蹦蹦跳跳，大声叫喊。

不知不觉天已经亮了，清晨的阳光将重见天日的遗书照得闪闪发亮。

"就是因为这份遗书，诺贝尔奖被创立了！"

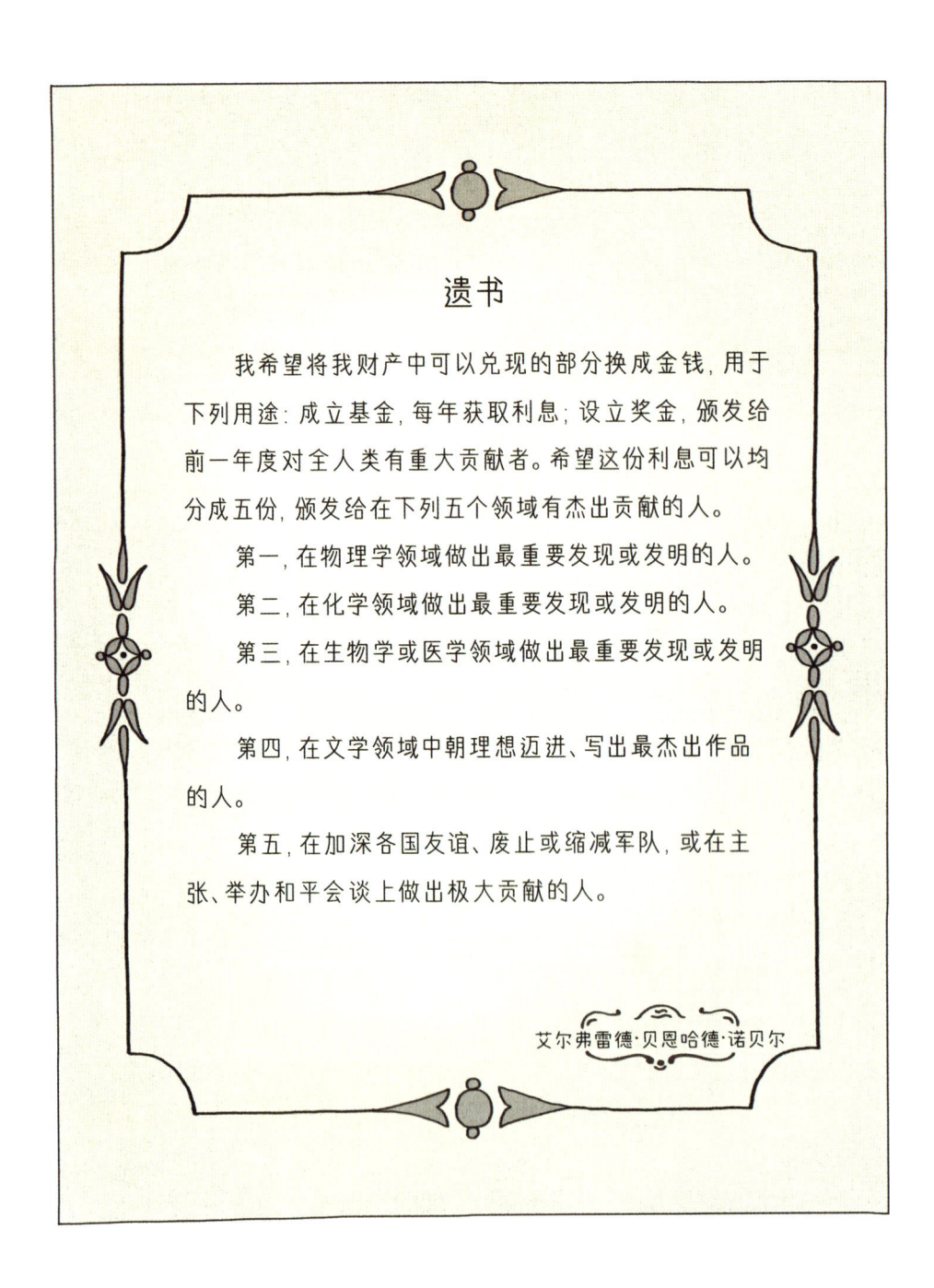

奇妙的人文冒险　诺贝尔的真假遗书

遗书

　　我希望将我财产中可以兑现的部分换成金钱,用于下列用途:成立基金,每年获取利息;设立奖金,颁发给前一年度对全人类有重大贡献者。希望这份利息可以均分成五份,颁发给在下列五个领域有杰出贡献的人。

　　第一,在物理学领域做出最重要发现或发明的人。

　　第二,在化学领域做出最重要发现或发明的人。

　　第三,在生物学或医学领域做出最重要发现或发明的人。

　　第四,在文学领域中朝理想迈进、写出最杰出作品的人。

　　第五,在加深各国友谊、废止或缩减军队,或在主张、举办和平会谈上做出极大贡献的人。

艾尔弗雷德·贝恩哈德·诺贝尔

6. 重见天日的遗书

奇妙的人文冒险　诺贝尔的真假遗书

　　这份遗书不过是一张薄薄的纸，但这张薄薄的纸，使如今世界瞩目的诺贝尔奖得以设立！我心中不禁感到一阵激动。

　　不久后，一阵"叭叭啦叭叭"的声音响了起来，这是任务成功的声音。我有一个感觉，这大概也是预告离别的声音。这一刻，诺贝尔爷爷的身影开始渐渐消失。爷爷脸上挂着幸福的微笑，整个人开始往天空的云层飞去。爷爷的身影就要消失了，他对我喊："杜利！你一定可以创造出能守护和平与幸福的发明！你一定能成为杰出的科学家！"

　　诺贝尔爷爷一消失，火车和机器人向导就突然现身了。等我一上火车，火车便腾空飞起，机器人向导的声音也在我耳边嗡嗡响起："恭喜你！任务顺利完成！奇妙的科技之旅到此告一段落，是时候说再见了。哔哩哩哩！"

7. 杜利的约定

回过神来,我发现自己又回到了厕所,里面的东西虽然没有任何改变,但火车和机器人向导不在了,"奇妙的人文冒险"的标牌也不见踪影,只留下一间再平凡不过的厕所。我突然又感到尿急。

"真是一段不可思议的旅程。幸好获得优胜,不然就没有经历这么特别的旅行了啊!"

虽然还是有点搞不清楚状况,但我觉得既骄傲又开心。

我急忙上了厕所。

一走出厕所,我就听到礼堂传来的广播:"颁奖典礼即将开始,请各位贵宾前往礼堂。"

我连忙加快脚步。

一踏入礼堂,就看到来为我加油的朋友们。我的目光第一个捕捉到的就是小潭的身影,她向我挥了挥手:"怎么这么慢?快过来!"

"嗯，其实我……"

我想和小潭分享旅行中的点点滴滴，机器人向导的事、诺贝尔爷爷的事，我都想告诉她。

但是，我正准备开口的时候，突然觉得怪怪的。我对旅程的记忆突然变得模糊，一切都像场梦一般。会不会我其实只是做了一场梦？

小潭露出疑惑的表情："怎么了？你是不是有话想说？"

"其实……"我换了个话题，"我想了一下，觉得你说得没错。"

"什么？"

"你之前不是跟我说过，科技的发达的确让我们的生活变得更便利，不过，这些带给我们的不一定是幸福。"

"嗯，所以呢？"

"我觉得这句话说得没错，所以我决定了，我要成为可以带给人们幸福的发明家。"

小潭露出灿烂的笑容，说道："哇！得到优胜之后，你变得更有想法了，真不愧是杜利！你的确有资格得到优胜，你一定可以成为杰出的科学家。恭喜你，杜利！"

颁奖典礼正好开始。

"优胜者江杜利！请到颁奖台上来。"

我在众人的掌声和欢呼声中走上颁奖台。

在接过奖状和奖杯的那一刻，我的心简直就像是要飞了起来。

7. 杜利的约定

奇妙的人文冒险　诺贝尔的真假遗书

咦？这又是什么？

"优胜者将获得'奇异发明之旅周游券'这份奖品。恭喜江杜利同学！"

一个巨大的信封放在我的手掌心里，真是让人迷惑啊！

那不久前在厕所里经历的那段旅行又是怎么回事？

"我刚刚已经参加过旅行了啊？就在厕所里。"

把周游券交到我手里的老师露出很吃惊的表情。

"你在说什么啊？这才是周游券啊。你还真是爱开玩笑！总之，不管什么时候，在你有空的时候，只要用这张周游券预约就可以了。可以让你走遍全世界的发明博物馆哦！"

7. 杜利的约定

那刚刚结束的那段旅行究竟是什么呢？难道是我被鬼魂迷惑了吗？

我呆滞地走下颁奖台。这时，耳边突然传来熟悉的声音："杜利啊，别忘了你和我的约定！"是诺贝尔爷爷的声音。

我不禁偷偷笑出了声。

这一切是梦也好，是被鬼魂迷惑也没关系。因为在这世界上，除了我，可能没有人经历过比这更奇妙精彩的旅行了！

我用几乎可以响彻礼堂的声音大喊:"是的,诺贝尔爷爷!我一定会遵守约定,创造守护和平与幸福的发明!请您拭目以待!"

我相信诺贝尔爷爷一定能听见我的声音,而且他一定会为我将来的伟大发明加油的。

机器人向导的
人文课程

- 伟大历史人物的小传
- 科技发展小史
- 培养思维能力的人文科学

奇妙的人文冒险　诺贝尔的真假遗书

伟大历史人物的小传

诺贝尔的硅藻土炸药成了危险的武器

诺贝尔出生于1833年10月21日，父亲是瑞典企业家伊曼纽尔·诺贝尔。伊曼纽尔从事炸药制造工作，因此诺贝尔从年轻时便为了帮助父亲而投入炸药改良的研究。

诺贝尔于1863年发明了混合硝化甘油与黑色火药的炸药。新发明的炸药拥有更强大的爆炸能力。诺贝尔和父亲、弟弟开设炸药工厂，贩卖这种新型炸药，发展炸药事业。

但就在第二年，工厂发生意外爆炸，造成5人丧生，诺贝尔的弟弟也在其中。诺贝尔因此下定决心要研发出安全的炸药。1867年诺贝尔成功发明了安全的炸药——硅藻土炸药。在这之前，用于炸药的材料是液态的硝化甘油，容易爆炸，非常危险，而硅藻土炸药是固体炸药，

诺贝尔

相比之下，没那么容易爆炸，而且爆炸威力更强大。此后，诺贝尔又成功研发出其他种类的炸药，并因此积累了巨额的财富。

不过，诺贝尔随即遭到众人指责。因为当时许多国家将诺贝尔发明的炸药用于战争武器。诺贝尔发明的炸药杀伤性极强，造成许多士兵伤亡，因此有人称呼诺贝尔为"死亡商人"，并严厉地责骂他。

诺贝尔十分尊敬同为瑞典人的技术员爱立信。爱立信是一位对武器有着不同想法的人。他的想法是："如果出现一种威力强大的武器，就可以让战场受到彻底破坏。如此一来，不论是什么国家，也不论他们愿不愿意，都无法再挑起战争，世界上也就不会再有战争发生了。"

诺贝尔对这个想法表示赞同，因此他对于自己的发明变成武器这件事，最初并未觉得有什么不好。

但是随着战争爆发，诺贝尔看到数以万计的人因此丧命，内心受到很大的打击。再加上战争也看不出有结束的迹象，死亡人数却不断地增加。这时，诺贝尔才陷入深深的懊悔之中。

"如果没有发明炸药，就不会有这么多人死去了。"

诺贝尔特别的遗书

诺贝尔为了对死去的人表达遗憾之意，每年都会捐赠约100

奇妙的人文冒险　诺贝尔的真假遗书

贝尔塔·冯·苏特纳

万法郎给慈善事业,并开始关注和平运动。

这时,诺贝尔正好遇见了撰写《放下武器!》一书的和平运动家——贝尔塔·冯·苏特纳,她让诺贝尔对和平运动产生了更多想法。诺贝尔与苏特纳讨论了各种阻止战争的方法,并捐款支持苏特纳的和平运动事业。

最后,在临终之际,诺贝尔下定了决心:"把我的财产都用在科学发展与世界和平上吧!"

诺贝尔抱着对追求科学发展和世界和平的迫切心情写下了遗书。1896年12月10日,诺贝尔与世长辞。当时人们关心的焦点都在他的遗书上。

尤其是瑞典国民,特别关注此事。因为当时的瑞典正陷入经济困境,政府与国民都希望诺贝尔能将财产用于瑞典的经济发展。

不过,公布的遗书内容完全出人意料:

"我希望将我财产中可以兑现的部分换成金钱,用于下列用途:成立基金,每年获取利息;设立奖金,颁发给前一年度对全人类有重大贡献者。希望这份利息可以均分成五份,颁发给在下列五个领域有杰出贡献的人。

第一，在物理学领域做出最重要发现或发明的人。

第二，在化学领域做出最重要发现或发明的人。

第三，在生理学或医学领域做出最重要发现或发明的人。

第四，在文学领域朝理想迈进、写出最杰出作品的人。

第五，在加深各国友谊、废止或缩减军队，或在主张、举办和平会谈上做出极大贡献的人。"

瑞典全体国民都感到相当失望。

"诺贝尔怎么可以对贫穷到饥寒交迫的祖国人民置之不理呢？"

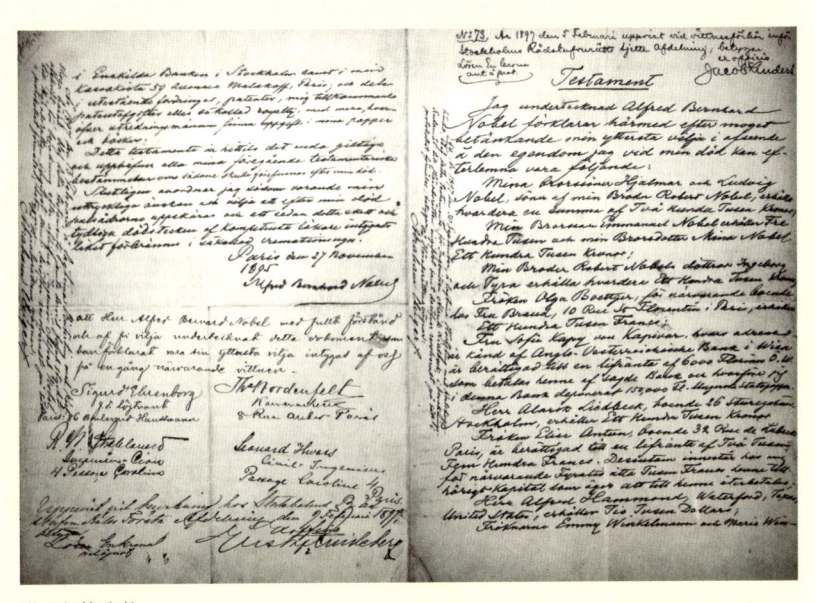

诺贝尔的遗书

奇妙的人文冒险　诺贝尔的真假遗书

瑞典国民感到很气愤。瑞典国王奥斯卡二世甚至还试图修改诺贝尔的遗书。

"诺贝尔的遗产一定可以帮助瑞典人民过上富裕的生活。但他为什么做出这种莫名其妙的事呢？诺贝尔肯定有精神上的问题！"

诺贝尔奖终于诞生了！

诺贝尔对自己的发明被当成武器而造成许多人伤亡感到非常痛苦。诺贝尔遗书的内容其实是他深思熟虑后的结果。不过，大部分人无法理解他的想法。因此，在很长一段时间内，诺贝尔的遗书都无法执行，直到5年后，诺贝尔的心愿才终于得以实现。1901年，人们依照诺贝尔的遗愿设立了奖项，称为诺贝尔奖。此后，诺贝尔奖每年都选出对人类文明发展有卓越贡献的个人或团体并授予奖励，逐渐发展成世界级的重要奖项。

诺贝尔奖分设物理学、化学、生理学或医学、文学、和平奖、经济学六个奖项。根据诺贝尔的遗书，诺贝尔奖一开始只设立了五个奖项，但从1968年开始，增设了经济学奖。诺贝尔奖的颁奖仪式每年在诺贝尔的忌日——12月10日，于瑞典首都斯德哥尔摩举行。

伟大历史人物的小传

诺贝尔奖委员会会议室

诺贝尔奖对瑞典的发展有很大的帮助。瑞典因为设立了诺贝尔奖这种意义重大的奖项，在国际上备受肯定，影响深远。

这时，瑞典国民才真正接受了诺贝尔的想法——他希望全世界的人们都可以获得真正的和平与幸福。

不知道是不是因为认同诺贝尔奖成立的宗旨，许多获奖者都会将奖金捐出。1998年，获得诺贝尔和平奖的约翰·休姆将奖金全部捐赠给穷人和遭受暴力的受害者；同年，获得诺贝尔经济学奖的阿马蒂亚·森也将奖金捐出，作为贫民救济基金；1999年，得到诺贝尔和平奖的团体"无国界医生"，则将奖金全数用在购买基础医药品上。弗里乔夫·南森、亨利·杜南、特里莎修女等多位获奖人，也将奖金用来救助贫困的人，传承了诺贝尔的遗愿。

奇妙的人文冒险　诺贝尔的真假遗书

科技发展小史

人类自诞生以来，进行了许多发明创造，因此人类历史也可称为科技的发展史。在人类历史中，科技是如何发展的呢？让我们通过改变历史的伟大发明和事件，来了解科技发展的历史和意义吧！

· 火的发现与使用（至少 80 万年前）

火的发现与使用，改变了人类制作食物的方式，并使烹调工具有了快速发展。火的发现与使用可视为人类文明的开端，在科技发展史上具有重要意义。

· 轮子的发明（约公元前 3500 年）

虽然无法确认谁是第一个发明轮子的人，但根据最早出现的车轮图像推测，轮子是在古代美索不达米亚地区被发明的。轮子可以帮人们将沉重的货物运往远方，间接促进了商业的发展。

科技发展小史

· 文字的发明（约公元前 3000 年）

楔形文字一直被认为是人类历史上出现的第一种文字，据说是古代美索不达米亚的苏美尔人将从前流传下来的图像变形后，创造出楔形文字。这些书写在黏土上的文字，形状就像楔子，因此被称为楔形文字。

· 蔡伦——造纸术的改进（约公元 105 年）

造纸术在中国西汉时期可能已经出现，而第一个改进造纸术的人是中国东汉的官吏蔡伦。蔡伦混合树皮、破布等材料制成纸浆，再将纸浆压制和晒干，改进了西汉纸的粗糙质地。蔡伦的造纸技术很快就广为流传，使知识的保存与传播更为便利。

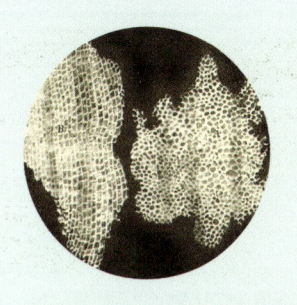

· 伽利略证明日心说（公元 1632 年）

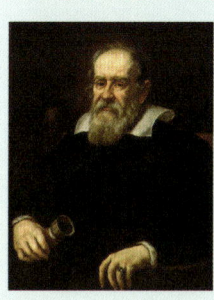

过去，人们认为地球是宇宙的中心，相信地心说。哥白尼却提出了太阳是宇宙中心的日心说。因为日心说违反了当时的宗教教义，所以无法获得普遍的支持。伽利略不但认同日心说，还找出证据编写成书，开启了全新的天文学时代。

· 虎克——观察到细胞（公元 1665 年）

英国科学家罗伯特·虎克用显微镜观察植物的木栓组织时，第一次观察到细胞的存在。细胞是组成生物体的基本单位。在这之后，许多学者的研究结果显示，所有植物与动物都是由细胞组成的，让生物学得以繁荣发展。

奇妙的人文冒险　诺贝尔的真假遗书

·牛顿——
万有引力的发现（公元1687年）

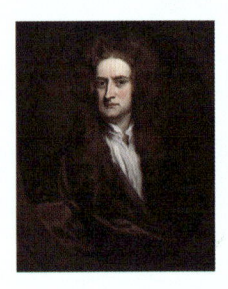

牛顿从苹果落地的现象得到启发，发现万有引力，并编入《自然哲学的数学原理》一书中。

·蒸汽机汽车的发明（公元1769年）

法国人制造了第一辆装用蒸汽机的三轮汽车。汽车的发明让人类可以快速移动，但也让地球开始面临环境污染这个巨大的问题。

·工业革命（18世纪前后）

18世纪前后，机械和技术革新引爆了工业革命。在这个时代，蒸汽机、纺织机等便利的机械如雨后春笋般出现，以手工技术为基础的资本主义工场手工业过渡到采用机器的资本主义工厂制度。工业革命以英国为起点，迅速蔓延至其他国家，颠覆了欧洲的经济和社会结构。

·道尔顿——
原子的发现（公元1808年）

道尔顿发表"原子学说"，首次提出物质是由不连续的最小微粒"原子"组成。原子说对近代化学科学研究产生了重大的影响。

科技发展小史

· 达盖尔——
银版摄影法的发明（公元 1837 年）

在达盖尔发明银版摄影法之前，想要拍摄一张照片得花费 8 个小时。而这项技术出现后，时间缩短为 30 分钟。此后，摄影技术逐渐进步，出现了电影与立体影像技术。

· 诺贝尔——
硅藻土炸药的发明（公元 1867 年）

诺贝尔为了发明安全炸药而投入研究，并成功研发出名为"硅藻土炸药"的新型炸药。这种炸药因为具有巨大的爆炸力，被用来当作战争武器。

· 达尔文——
提出进化论（公元 1859 年）

达尔文在《物种起源》一书中提出：只有适应环境的物种才得以生存，并持续进化，即进化论。这挑战了当时主张"所有生物都是神所创造"的创造论。

· 贝尔——
电话的发明（公元 1876 年）

贝尔是第一位发明电话的人。不过，据说同一时期有许多人也发明出类似的产品，贝尔是第一个获得专利的人。电话将人的声音转变成电信号，再利用电线传递。此后，还出现了使用电波传送信息的"无线电话"。

69

奇妙的人文冒险　诺贝尔的真假遗书

· 灯泡的发明（公元 1878 年）

1854 年，亨利·戈培尔发明了灯泡，但没有及时申请专利。英国人约瑟夫·斯旺于公元 1878 年发明了真空下用碳丝通电的灯泡并取得专利。同一时期，爱迪生也制作出碳丝白炽灯，于 1889 年获得专利。有了灯泡之后，人们开始不分昼夜地工作，睡眠时间随之减少。

· 居里夫妇——
放射性物质镭的发现（公元 1898 年）

第一位发现放射性现象的人是贝可勒尔。皮埃尔·居里和玛丽·居里夫妇后来在进行放射性现象研究的时候，又发现了能释放更多能量的放射性物质——镭。镭常被用于癌症的放射治疗。不过，玛丽·居里夫人因为试验时接触了过量的放射线，晚年因再生障碍性贫血逝世。

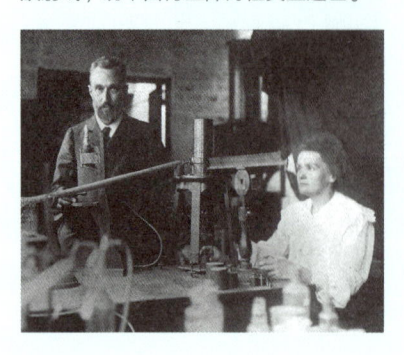

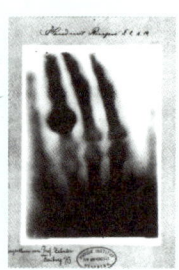

· 伦琴——
X 射线的发现（公元 1895 年）

德国科学家伦琴发现了一种可以穿透物质的射线——X 射线。X 射线的发现让我们可以一窥体内的样貌。现在，X 射线多被用于探测体内疾病，或拍摄骨骼照片。不过，如果长期照射 X 射线，可能会对身体产生危害，必须谨慎使用。

· 莱特兄弟——
动力飞机的发明（公元 1903 年）

莱特兄弟发明了能够自由飞行的双翼飞机，也就是动力飞机（飞行者 1 号）。他们的试飞成功使人们长久以来翱翔天际的梦想得以成真。

科技发展小史

· 爱因斯坦——
相对论的创立（公元1905年、1916年）

爱因斯坦在公元1905年提出了狭义相对论，并在此基础上于1916年将其推广为广义相对论。相对论对时间与空间提出了全新的理论，颠覆了以往物理学的观点，为现代物理学打下了基础。

· 投下原子弹（公元1945年）

在第二次世界大战中，美国在日本的广岛和长崎各投下了一枚原子弹。由于后果相当惨烈，原子弹因此被称为"人类史上最邪恶的发明"。

· 广播和电视的流行（20世纪20年代）

20世纪20年代，广播节目在美国流行起来。10年之后，全世界聆听广播的时代来临。公元1925年，贝尔德发明了世界上第一台可用的电视系统，开启了大众传媒时代。

· 电子管计算机（计算机）——
ENIAC的发明（公元1946年）

第一台电子管计算机ENIAC的诞生正式开启了计算机时代。时至今日，几乎家家户户、每个人都拥有一台计算机。

71

奇妙的人文冒险 诺贝尔的真假遗书

- 发现 DNA 的奥秘（公元 1953 年）

美国的沃森与英国的克里克发现了带有遗传信息的双螺旋结构模型，为 21 世纪的生命科学揭开新的篇章。

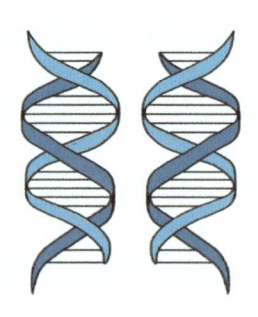

- 加加林——
第一位进入太空的人（公元 1961 年）

苏联航天员加加林成功完成了人类首次太空飞行，刺激美国加快了加入太空竞赛的步伐。

- 互联网的诞生（公元 1969 年）

公元 1969 年，美国国防部高级研究计划局的研究用网络——阿帕网（ARPANET）被视为互联网的起源。之后，互联网成为连接全世界的通信网。互联网的发达，也让人类进入了信息化社会。

- 干细胞与克隆羊（20 世纪 60 年代）

干细胞研究始于 20 世纪 60 年代，干细胞群的功能是控制和维持细胞的再生。公元 1996 年，英国的罗斯林研究所培育出了克隆羊"多莉"。

科技发展小史

· **切尔诺贝利核电站事故**（公元1986年）
乌克兰基辅地区切尔诺贝利核电站于公元1986年4月26日发生放射性物质严重外泄事故。核辐射污染了周围的地区，让人们知道核利用可能会带来非常可怕的危害。

· **人工智能机器人的诞生**（公元2000年）
日本正式发布了被命名为ASIMO的仿人行走机器人。虽然ASIMO在2022年3月31日已正式退役，但机器人的类人功能不断冲击着人们的想象，人工智能技术正在蓬勃发展，未来人工智能将取代人类从事更多工作。

人类社会在科技发展的促进下不断发展。但随着科技的发展，环境污染、全球变暖、生命伦理等问题也一起出现了。未来，当干细胞或人工智能等尖端的技术变得更加发达时，可能会产生更严重的问题。因此，科学家与相关研究者更应该警惕科技发展可能带给人类带来的负面影响。

73

哔哩哩哩!

本书部分情节与插图为作者想象与创作，或与史实有出入。

培养思维能力的人文科学

1. 江杜利的好友小潭曾说:"科技的发展的确让我们的生活变得更便利,不过,这些带给我们的不一定都是幸福。"为什么小潭会这样说呢?请想一想,并写下理由。

奇妙的人文冒险　诺贝尔的真假遗书

2. 在踏上人文冒险旅程前，江杜利认为："如果人类想享受科技带来的便利，同时也就应该承受科技造成的污染等后果。"他为什么会这么想呢？请想一想，并将理由整理在下方。

3. 见到诺贝尔爷爷后,江杜利改变了想法。江杜利的想法发生了哪些变化?让他产生改变的原因又是什么?请仔细阅读书中内容,再写下来。

奇妙的人文冒险　诺贝尔的真假遗书

4. 如果你可以像江杜利一样踏上奇妙的人文冒险之旅，你想见到哪位科学家呢？请试着想象一下，在与那位科学家一起经历的奇妙之旅中，可能会发生什么事情？简单写下你们旅行的内容。

未来，属于终身学习者

我们正在亲历前所未有的变革——互联网改变了信息传递的方式，指数级技术快速发展并颠覆商业世界，人工智能正在侵占越来越多的人类领地。

面对这些变化，我们需要问自己：未来需要什么样的人才？

答案是，成为终身学习者。终身学习意味着具备全面的知识结构、强大的逻辑思考能力和敏锐的感知力。这是一套能够在不断变化中随时重建、更新认知体系的能力。阅读，无疑是帮助我们整合这些能力的最佳途径。

在充满不确定性的时代，答案并不总是简单地出现在书本之中。"读万卷书"不仅要亲自阅读、广泛阅读，也需要我们深入探索好书的内部世界，让知识不再局限于书本之中。

湛庐阅读 App: 与最聪明的人共同进化

我们现在推出全新的湛庐阅读 App，它将成为您在书本之外，践行终身学习的场所。

不用考虑"读什么"。这里汇集了湛庐所有纸质书、电子书、有声书和各种阅读服务。

可以学习"怎么读"。我们提供包括课程、精读班和讲书在内的全方位阅读解决方案。

谁来领读？您能最先了解到作者、译者、专家等大咖的前沿洞见，他们是高质量思想的源泉。

与谁共读？您将加入到优秀的读者和终身学习者的行列，他们对阅读和学习具有持久的热情和源源不断的动力。

在湛庐阅读 App 首页，编辑为您精选了经典书目和优质音视频内容，每天早、中、晚更新，满足您不间断的阅读需求。

【特别专题】【主题书单】【人物特写】等原创专栏，提供专业、深度的解读和选书参考，回应社会议题，是您了解湛庐近千位重要作者思想的独家渠道。

在每本图书的详情页，您将通过深度导读栏目【专家视点】【深度访谈】和【书评】读懂、读透一本好书。

通过这个不设限的学习平台，您在任何时间、任何地点都能获得有价值的思想，并通过阅读实现终身学习。我们邀您共建一个与最聪明的人共同进化的社区，使其成为先进思想交汇的聚集地，这正是我们的使命和价值所在。

CHEERS

湛庐阅读 App 使用指南

读什么
- 纸质书
- 电子书
- 有声书

与谁共读
- 主题书单
- 特别专题
- 人物特写
- 日更专栏
- 编辑推荐

怎么读
- 课程
- 精读班
- 讲书
- 测一测
- 参考文献
- 图片资料

谁来领读
- 专家视点
- 深度访谈
- 书评
- 精彩视频

HERE COMES EVERYBODY

下载湛庐阅读 App
一站获取阅读服务

노벨의 과학 교실（The Science Class of Nobel）

Copyright © 2016 by Lee Hyang-An & Noh Jun-Gu

All rights reserved.

Translation rights arranged by SIGONGSA Co., Ltd. through May Agency and Chengdu Teenyo Culture Communication Co., Ltd.

Simplified Chinese Translation Copyright © 2022 by Cheers Publishing Company.

本书中文简体字版经授权在中华人民共和国境内独家出版发行。未经出版者书面许可，不得以任何方式抄袭、复制或节录本书中的任何部分。

著作权合同登记号：图字：01-2022-6822号

版权所有，侵权必究

本书法律顾问　北京市盈科律师事务所　崔爽律师

图书在版编目（CIP）数据

奇妙的人文冒险. 诺贝尔的真假遗书 /（韩）李香晏著；（韩）卢俊九绘；庄曼淳译. -- 北京：中国纺织出版社有限公司，2023.5

ISBN 978-7-5229-0087-2

Ⅰ.①奇… Ⅱ.①李… ②卢… ③庄… Ⅲ.①儿童故事-图画故事-韩国-现代 Ⅳ.①I312.685

中国版本图书馆CIP数据核字（2022）第226463号

责任编辑：刘桐妍　　责任校对：高　涵　　责任印制：储志伟

中国纺织出版社有限公司出版发行
地址：北京市朝阳区百子湾东里A407号楼　邮政编码：100124
销售电话：010—67004422　　传真：010—87155801
http://www.c-textilep.com
中国纺织出版社天猫旗舰店
官方微博 http://weibo.com/2119887771
北京盛通印刷股份有限公司印刷　各地新华书店经销
2023年5月第1版第1次印刷
开本：710×965　1/16　印张：30.75　插页：5
字数：220千字　定价：239.90元

凡购本书，如有缺页、倒页、脱页，由本社图书营销中心调换